西遊記
妖界大地圖

神仙妖怪才知道《西遊記》怎麼玩

張卓明◎著　段張取藝◎繪

西遊世界漫遊開始啦！

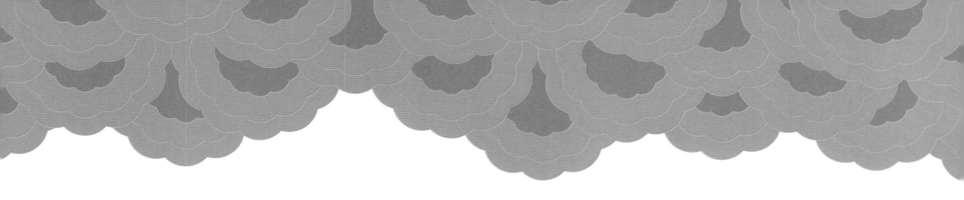

About 張卓明

畫家、作家、大學講師，「段張取藝工作室」創始人之一。沒事喜歡看歷史，讀神話，喜歡
以腦洞大開的思路，幽默有趣的方式，創作中國或國外的歷史、神話故事。也曾畫過一些繪
本，得過一些獎項，但現在寫的故事，畫的繪本才是自己真正想要做，而且喜歡的事。

About 段張取藝

段張取藝文化傳媒有限公司（簡稱段張取藝）成立於2011年，是一家自主策劃選題、文圖
創作為一體的原創研發團隊。公司涉及領域包括圖畫書、科普百科、漫畫、兒童文學等。
出版了300餘本兒童讀物，主要作品《逗逗鎮的成語故事》、《古代人的一天》、《拼音真好
玩》、《時間真好玩》、《文言文太容易啦》、《西遊漫遊記》、《瘋狂想像漫畫物理大百科》
等，版權輸出至俄羅斯、烏克蘭、尼泊爾、韓國、香港、臺灣等多個國家和地區。

創意策劃：張卓明、段穎婷　插畫繪製：周楊翎令、周祺翔

小野人 49

西遊記妖界大地圖：神仙妖怪才知道《西遊記》怎麼玩

作　　　者　張卓明
繪　　　圖　段張取藝
創 意 策 劃　張卓明、段穎婷
插 畫 繪 製　周楊翎令、周祺翔
社　　　長　張瑩瑩
總　編　輯　蔡麗真
美 術 編 輯　林佩樺
封 面 設 計　周家瑤

責 任 編 輯　莊麗娜
行銷企畫經理　林麗紅
行 銷 企 畫　李映柔
出　　　版　野人文化股份有限公司
發　　　行　遠足文化事業股份有限公司（讀書共和國出版集團）
　　　　　　地址：231 新北市新店區民權路 108-2 號 9 樓
　　　　　　電話：（02）2218-1417
　　　　　　傳真：（02）86671065
　　　　　　電子信箱：service@bookrep.com.tw
　　　　　　網址：www.bookrep.com.tw
　　　　　　郵撥帳號：19504465 遠足文化事業股份有限公司
　　　　　　客服專線：0800-221-029

特 別 聲 明：有關本書的言論內容，不代表本公司／出版集團之立場與
　　　　　　意見，文責由作者自行承擔。

法律顧問　華洋法律事務所　蘇文生律師
印　製　凱林彩色印刷股份有限公司
初　版　2022 年 07 月 27 日
初版 3 刷　2024 年 07 月 16 日

978-986-384-759-5（精裝）
978-986-384-760-1（PDF）
978-986-384-761-8（EPUB）

有著作權　侵害必究
歡迎團體訂購，另有優惠，請洽業務部
（02）22181417 分機 1124

國家圖書館出版品預行編目（CIP）資料

西遊記　妖界大地圖／張卓明著；段張取藝繪 . -- 初版 . -- 新北市：野人文化股份有限公司出版：遠足文化事業股份有限公司發行，2022.08
136 面；26×31.5 公分 . -- （小野人；49）ISBN 978-986-384-759-5（精裝）

857.47　　　　　　　　　　　　　　　　　　　　　　　　　　　　　　　111010846

靈霄寶殿 24

斬妖台 30

廣寒宮 34

北天門 49

花果山　100

龍宮　104

蓬萊　110

大王叫我來巡山……

　　從前，有一個小妖怪，本來沒有名字，有一天，他路過獅駝嶺的時候看到了一塊令牌，上面寫著「小鑽風」三個字。小妖怪很喜歡，便用這三個字幫自己命名。

　　後來，小鑽風來到了金斗山，在金斗山金斗洞的金斗妖王這裡找到了一份巡山的工作，每天都會把金斗山上上下下巡邏個一遍。

　　這一天，小鑽風腰上別著令牌，嘴上哼著小曲，走在金斗山的一條羊腸小道上。

天宮神仙真忙碌

天氣熱極了，正在巡山的小鑽風準備去山腳下的小店買杯冰水喝。走著走著，他看到路邊有一條紅色的魚在蹦跳。小鑽風把魚抓了起來，放回附近的小河裡。

魚躍龍門？這裡也不是龍門呀。我把你送回家吧。

走著走著，小鑽風看到了迷路的老人和小孩，順便把他們也帶到山腳下的小店。

吃吃吃……

渴死我了，謝謝！不過，後面還有兩位飛得慢的老朋友呢……

給！

辦完這些事，小鑽風真是渴了。一摸口袋，只剩一文錢了，剛好夠買一杯冰水。他買了冰水，開開心心地往回走，看到路邊坐著一個乞丐般的老人，眼巴巴地盯著小鑽風手裡的冰水。小鑽風看了看手裡的冰水，猶豫了一會兒，嚥了一下口水，把冰水遞給了老人。

巡山的日子可真好玩，每天都能遇到有趣的人，小鑽風想。

我們三個雲遊四海來到了這裡，和你十分有緣，我們願意幫你實現一個願望。

小鑽風，你可真是個好妖怪！

說吧，小妖怪，你的願望是什麼？

「真的嗎？齊天大聖孫悟空是我的偶像，我一直想去周遊天上人間，重遊他當年的路。」小鑽風半信半疑地說，「這個願望可以實現嗎？」
「可以！」說完，神仙們就消失不見了。
「咦，不是幫我實現願望嗎？人呢？」小鑽風疑惑地說。

不一會兒，一輛雲車停在小鑽風面前，旁邊站著一個仙人。

「我是三位神仙派來帶你去周遊世界的。」仙官說。

「天哪！這是真的！」小鑽風沒想到自己真的要去周遊世界了。

南天門

小鑽風遊天宮的第一站就是「南天門」，天宮四大天門之一，由四大天王輪流把守。天宮由強大的結界保護，進出天宮唯一的通道是四大天門，南天門通向玉皇大帝的靈霄寶殿，是神仙出入最多的天門。

南天門的琉璃頂是用崑崙山一萬年的碧玉精煉成的。

兩隻麒麟瑞獸守護上層天門。

正門大柱子上盤旋着兩條巨龍，守護著南天門。

過了南天門後就是天橋。

增長天王是南天門的守護者之一。

左側是遊客觀光的通道，小鑽風走的就是這條通道。

現在的南天門和悟空那時候有點不一樣。

歡迎來到天宮，這裡就是南天門啦！

泊雲

天宮不允許雲飛行，南天門前有專門的泊雲區，各路雲來的神仙可以停放自己的雲。每位神仙的雲都是透過密碼，也就是咒語召喚的，所以不會有找不到自己的雲的煩惱。

文殊菩薩的獅子

南極仙翁的白鹿

貴賓泊雲

位於南天門內部右側。停放著仙界大神的祥雲或是坐騎。

天宮上班

在天宮上班的神仙都要拿著玉板在南天門排隊通過安檢，玉板是通過安檢重要的身分證明。這玉板要是掉了，該怎麼辦呢？

玉板

那就只能去天宮的警衛處補辦了。

外來神仙

外來的神仙有時也會來天宮訪問，天宮為他們提供了專用的通道。找找有沒有你熟悉的神仙。

天宮的保全措施之一

天門處有很多個像眼睛一樣的小東西，叫千里眼，它們懸浮在空中，發出光線掃描過往的人群，辨別是否有妖怪混跡其中。

妖魔鬼怪快快現形。

這個狐妖居然還偷了一塊玉板。

我是獨角鬼王，我要見玉帝！

鬧天宮

鬧天宮是天宮時常遇到的麻煩，總有一些法力高強的妖怪希望得到冊封，或是想透過鬧天宮的方式證明自己的強大。

嗞！

天宮的保全措施之二

南天門正門上盤旋著兩條巨龍，遇到妖怪硬闖時，巨龍會發出強力電光，麻痺闖入者，最後，天兵再用捆妖繩把妖怪逮捕。

我怎麼在這裡？

你被捕了！

捆妖繩

可以自動鎖定目標，捆住後能自動收緊，妖怪越掙扎捆得越緊，只有念咒語才能解開。

當然有啦，看到會嚇著你的。

酷啊！還有更厲害的保全措施嗎？

增長天王

四大天王之一。看起來很凶，法寶是寶劍。寶劍揮舞時會發出烈火黑風，無人可擋。

天宮的保全措施之三

南天門最厲害的保全措施就是四大天王和八大天將，沒有什麼妖怪能突破他們的防禦網。

何方小妖，膽敢擅闖天宮！

持國天王

四大天王之一。法寶是琵琶，上有四根弦，分別叫「地、水、火、風」，動琴弦時會引發狂風烈火。

各位大人息怒啊！我們有通行證！是真的！不是假證件！

16

多聞天王

四大天王之一。法寶是寶傘，這把傘撐開時，天昏地暗，日月無光，轉一轉，乾坤晃動。

廣目天王

四大天王之一。法寶有的時候變身為龍，有的時候變身為蛇。

八大天將

四大天王麾下有龐、劉、苟、畢、鄧、辛、張、陶八大天將，他們的工作就是守衛南天門。

你這個烏鴉嘴！這就是更厲害的保全措施啦！

救命啊！我是好妖怪！

天宮珍禽異獸
天河上空有各種珍禽異獸飛翔，水中有很多奇異生物優游。

天河水軍
天河裡還有天蓬元帥掌管的八萬水軍，水軍管理著天河裡的各種生物，維護天河的和平。

天河最佳留影處
來天宮遊歷的神仙，尤其是外來的神仙，都喜歡在此留影紀念。你看，從埃及來的阿努比斯正在擺姿勢呢！

19

天橋上上朝的諸神

天橋上有很多神仙是要趕去靈霄寶殿上朝的，好奇的小鑽風興奮極了，每個神仙都要跑上去看兩眼。

請問你有沒有見到我們的其他同伴？

呃，不好意思，我第一次來。

巨靈神

托塔李天王的先鋒大將。力大無窮，可舉起高山，劈開大地。孫悟空曾嫌弼馬溫職位低下，私下天宮。玉皇大帝大怒，派遣托塔天王李靖、哪吒三太子率天兵天將來到花果山降妖，巨靈神就是這支隊伍的先鋒。

文財神和武財神

財神爺天團是人間老百姓最喜愛的神仙。

雷公、電母、風伯、雨師

掌管各種天氣的神仙。

鳳凰

百鳥之王。雄的叫「鳳」，雌的叫「凰」，總稱為鳳凰，鳳凰齊飛，象徵著吉祥和諧。

鴟

翠綠色的羽毛，赤色的喙，可以御火。

比翼鳥

這種鳥只有一隻翅膀、一隻眼睛，雌鳥和雄鳥需要組合在一起才可以飛行。

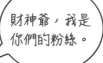
財神爺，我是你們的粉絲。

重明鳥

鳥頭的兩邊都有兩個眼珠。牠的力氣很大，能夠追逐猛獸。

沒啥稀奇的，水裡還有更厲害的呢！

水德星君和火德星君

水神和火神。

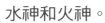

天哪，是鳳凰！太美了！

十二生肖

代表十二生肖的神仙。

那，餵個魚看看？
不可以！

天河裡的奇異生物

天河裡生活著種類繁多的遠古生物。這些遠古異獸都是歷代大神從世間的名山大川收服後，送到天河來的。

贏魚

有一對翅膀，叫聲就像鴛鴦一樣。平時不輕易出現，一旦在哪裡出現，哪裡就要淹大水。

鮭

臉像牛，尾巴像蛇，有翅膀，聲音像犛牛。

哎呀！

你闖禍啦！

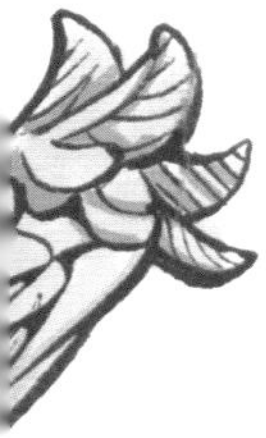

虎蛟

身體像魚，尾巴像蛇，叫聲像鴛鴦，是生活在水中非魚非蛇的怪蛟。

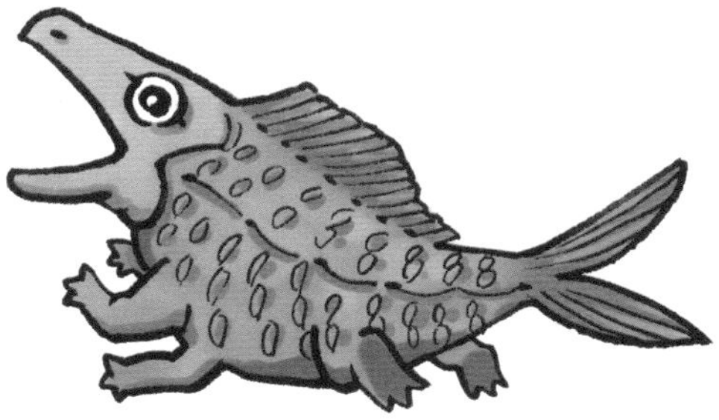

冉遺魚

長著魚身、蛇頭，還有六隻腳，牠的眼睛形狀像馬的眼睛。

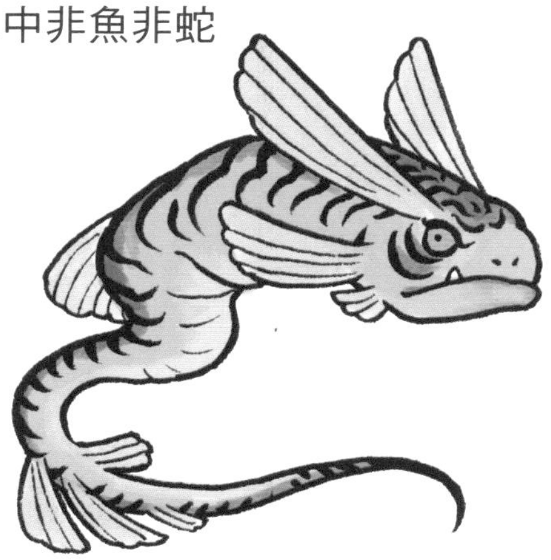

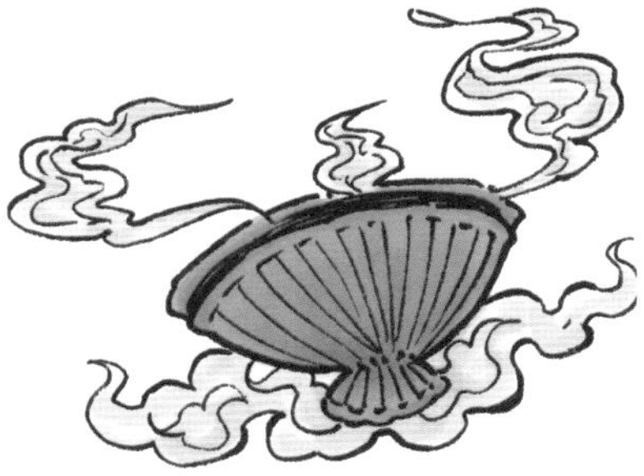

蜃

長得像大牡蠣的海怪。

鯈魚

形狀像一般的雞，卻長著紅色的羽毛、三條尾巴、六隻腳、四個頭，牠的叫聲與喜鵲相似。

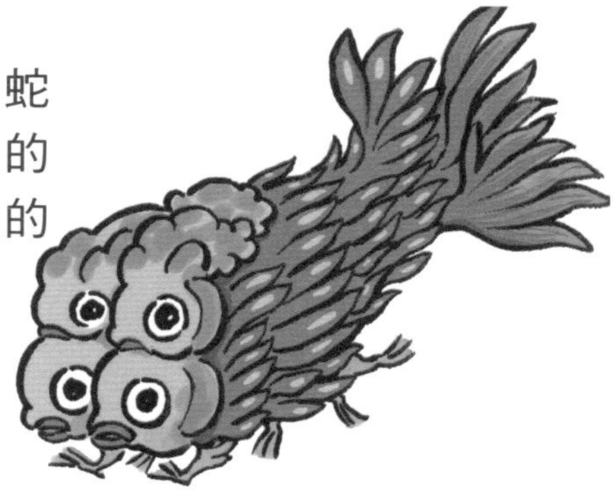

旋龜

長著鳥的頭、毒蛇的尾巴。據說牠的叫聲像剖開木頭的聲音。

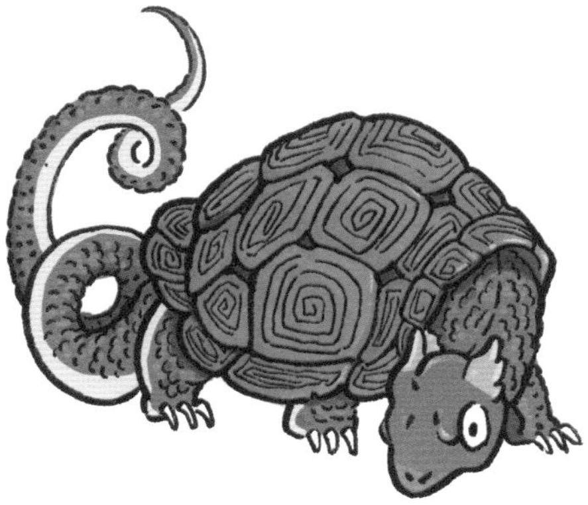

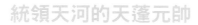

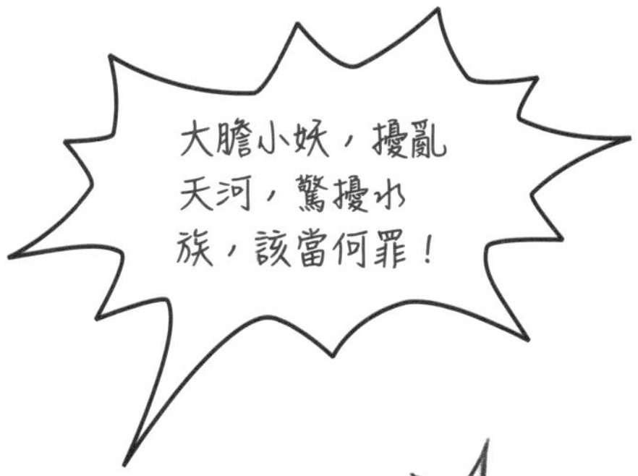
大膽小妖，擾亂天河，驚擾水族，該當何罪！

統領天河的天蓬元帥

天蓬元帥統領天河水軍，威風八面。前任天蓬元帥因為犯了錯被罰下凡投胎，變成了後來西天取經的二師兄豬八戒。

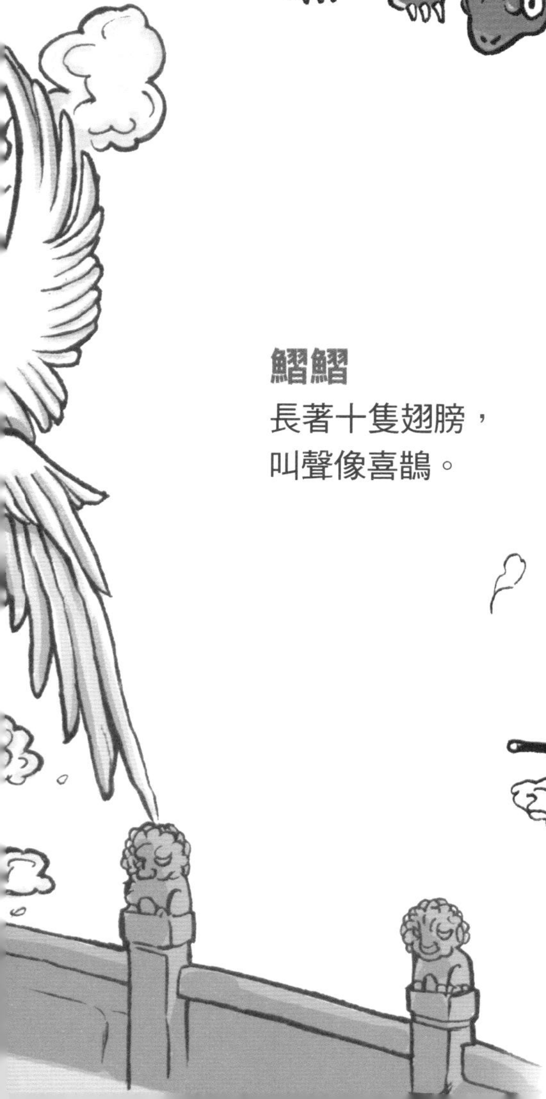

鰼鰼

長著十隻翅膀，叫聲像喜鵲。

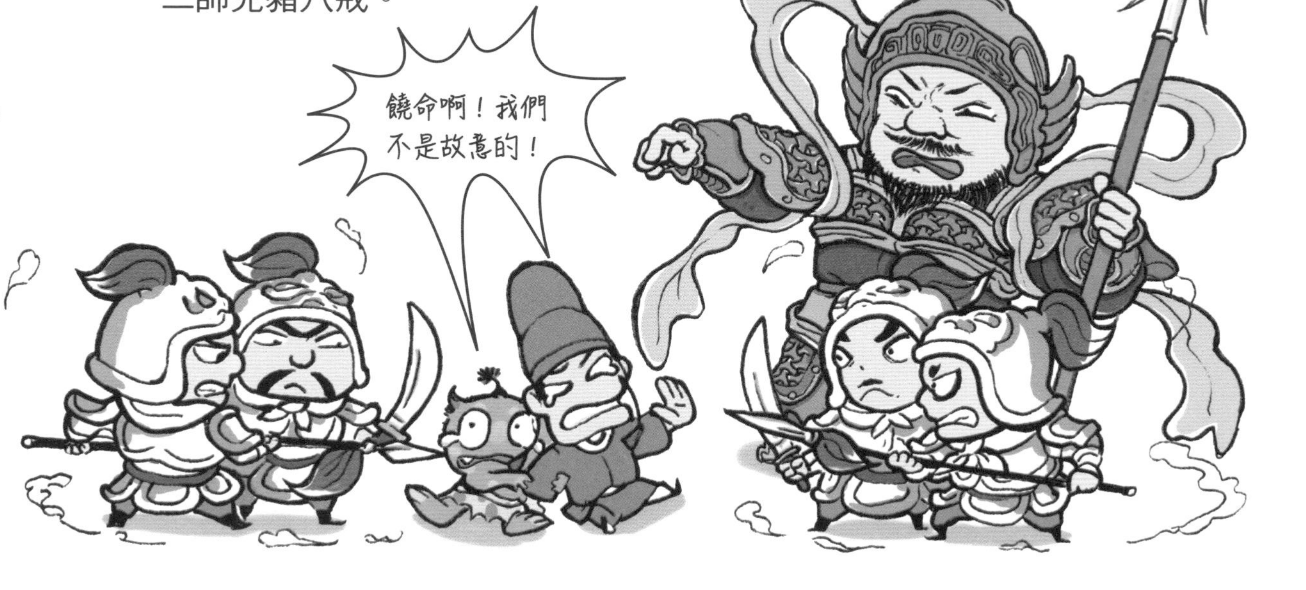
饒命啊！我們不是故意的！

靈霄寶殿

靈霄寶殿是玉皇大帝居住的宮殿，是天宮最重要的彌羅宮的主殿。

這也是小鑽風遊天宮最重要的一站，因為在這裡，可以看見玉皇大帝啦！

通明殿

靈霄寶殿的前殿，通常四大天師在此值班。凡事由他們審核，再通報給玉帝。

四大天師為張道陵、許旌陽、邱弘濟、葛仙翁。

當年齊天大聖孫悟空大鬧天宮時，打到通明殿，只差一步就殺入靈霄寶殿了。幸虧佑聖真君的佐使王靈官手持鋼鞭擋住了孫悟空。

仙籍部

天宮的檔案管理部門。

天候部

掌管世間氣候的部門。

靈霄寶殿後面是後宮，左右有
金龍、彩鳳等仙禽異獸守護。
四周種植著各種奇花異卉。

許願部
負責管理世間凡人許願的部門，
也是工作最繁重的部門。

天罰部
掌管天宮律法，處罰各類觸
犯天條行為的部門。

御馬
養天馬的部門，孫悟空曾在
此任弼馬溫。

天宮的各大部門

天宮的運轉依賴其設置的眾多部門，其中最為重要的是天宮打卡部、許願部、仙籍部、天候部以及天罰部。

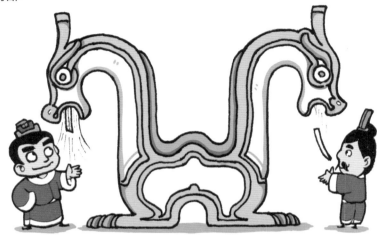

打卡部

眾天官到自己所在的部門後要先打卡、放卡，然後再換工作服上班。

許願部

一個十分忙碌的部門。凡人總是有許多許多的願望希望神仙能幫助他們實現，所有的願望會像便條紙一樣出現在許願部，許願部的任務就是把這些願望歸類，然後審核處理。凡人所許的願望實在太多，許願部經常通宵加班，所以這個部門的天官們最大的願望是睡個好覺，但好像實現不了。

仙籍部

仙籍部下面有三個部門：神仙檔案管理處、妖怪檔案管理處和妖獸檔案管理處。

這裡的檔案是天宮最重要的情報來源，檔案記錄著每一位神仙、重要的妖怪以及妖獸的詳細情況，隨時可以查詢。

天候部

掌管世間各種氣候的部門。這個部門的職責非常重大，天氣對於世間勞動生產是非常重要的。

眾天官按各自的任務領取行雲布雨的工具，再去執行任務。由於職責重大，天候部的工作半點也不能馬虎，一旦出錯，就會遭受天宮嚴厲的律法處置。

天罰部

掌管天宮律法，處罰各類觸犯天條行為的部門。

之前擅闖南天門的獨角鬼王，被天兵天將捉拿後，押送到天罰部接受眾法官審判。

我不服！
哎喲！好疼！

金斗山有老虎精作怪。你快去向陛下稟報具體情況，請陛下決斷。

遵命！

佑聖真君和王靈官

佑聖真君負責天宮的安全警衛工作，手下的靈官能力出眾。

佐使王靈官憑著一條鋼鞭擋住了大鬧天宮的孫悟空，一戰成名。

御前會

御前會議在靈霄寶殿舉行，是天宮進行重大決策討論的一種重要形式。文武百官甚至是外來使者都可以在會議上發表意見，玉帝會依據大家的意見做出最後的決定。

八仙

鐵拐李、漢鍾離、張果老、藍采和、何仙姑、呂洞賓、韓湘子、曹國舅八人。

赤腳大仙

仙界的散仙，喜愛四處雲遊，降伏過眾多妖魔，是天下妖怪的剋星。

> zzzz……

福祿壽三星

財神

文殊菩薩

太白金星

玉皇大帝的特使，負責傳達玉帝的旨意。

四大天師

> 打有打的好，不打也有不打的好。

水德星君和火德星君

> 不宜輕舉妄動！

> 金斗山有妖怪作亂，請陛下下旨捉拿。

> 金斗山？就是我的家。

> 噓！

佐使王靈官正在向玉帝報告下界妖怪的狀況。

玉皇大帝

說說你們的意見。

直接發兵剿滅，一了百了！

捲簾大將
捲簾大將是玉帝身邊的侍衛。
上一任捲簾大將由於觸犯天條，被逐出天界，後來經觀音菩薩指點，成為唐僧的三徒弟沙悟淨，保護唐僧西天取經。

托塔李天王
李靖是天宮中的護衛司令，所生三子，長子金吒為靈山前部護法，二子木吒是南海觀音菩薩的大徒弟，三子哪吒在自己的帳下效力。

哪吒三太子
太乙真人的徒弟，法力高強，手持火尖槍，腳踏風火輪，可變身三頭六臂，威力無比，因此也有人叫他六臂哪吒。

千里眼和順風耳
天宮負責情報工作的神仙。

29

天蓬元帥和天猷元帥

斬妖台

觸犯天條的神仙、龍族和地上作亂的妖怪會
分別在誅仙台、剮龍台和斬妖台接受處罰。

剮龍台
龍族觸犯天條時受罰的地方。

斬妖台
妖怪接受懲罰的地方。斬妖台上的降妖柱和捆
妖鎖都是用崑崙山產的錕鋼煉成，被賦予強大
的法力，妖怪被鎖後無法掙脫，只能乖乖接受
天庭的懲罰。

金剛力士
金剛力士驃悍無比，力大無窮。觸犯天條的
神仙、妖怪由金剛力士押往刑場受罰。

雷雲

由雷部眾將操控，會發出雷電霹靂，
擊打綁在降妖柱上的妖怪。

誅仙台

這麼多年來天庭觸犯天條的神仙也不少，有的神仙厭
倦了天庭的日子，也會偷偷下凡去人間當妖怪，奎木
狼以及太上老君的童子金靈、銀靈都下凡當過妖怪，
就連玉兔也下過凡。

箭雲

由弓箭天兵駕馭，能射出層層利箭，
讓受罰的妖怪承受利箭之苦。

帶一個可愛的小妖
怪來斬妖台參觀，
合適嗎？

別著急嘛，
慢慢看。

小鑽風來到這裡覺得毛骨悚然，只想快快離開，畢竟「斬妖」二
字讓他這個小妖怪很不舒服。遊遊仙官看著小鑽風的樣子，壞壞
地笑了。

斬妖台上被綁的孫悟空

斬妖台最出名的事件就是懲罰大鬧天宮的孫悟空。

孫悟空大鬧天宮被抓後，天兵把他押去斬妖台，綁在降妖柱上，用刀砍頭，用槍刺身，卻一點兒也傷不到孫悟空。火部眾將放火，也燒不掉他一根毫毛。雷部眾將用雷雲放出閃電擊打，孫悟空只當作是在搔他癢。

嘻嘻！

怎麼回事啊？

在這裡，處罰過很多很多妖怪喲。

我不想聽！不要知道！

剮龍台上受罰的龍族

觸犯天條的龍族被天罰部判決後，會被帶到剮龍台受罰。

西海龍王三太子小白龍燒毀了龍宮裡玉帝賜的明珠，犯下死罪，被送上剮龍台，觀音菩薩出面求情才使其免於死罪。菩薩讓小白龍在鷹愁澗等候唐僧，變身白馬，馱唐僧西行取經。

謝觀音菩薩救命之恩！

陛下有旨，因觀音菩薩求情，小白龍死罪可免，活罪難逃，重責三百鞭，聽候菩薩發落！

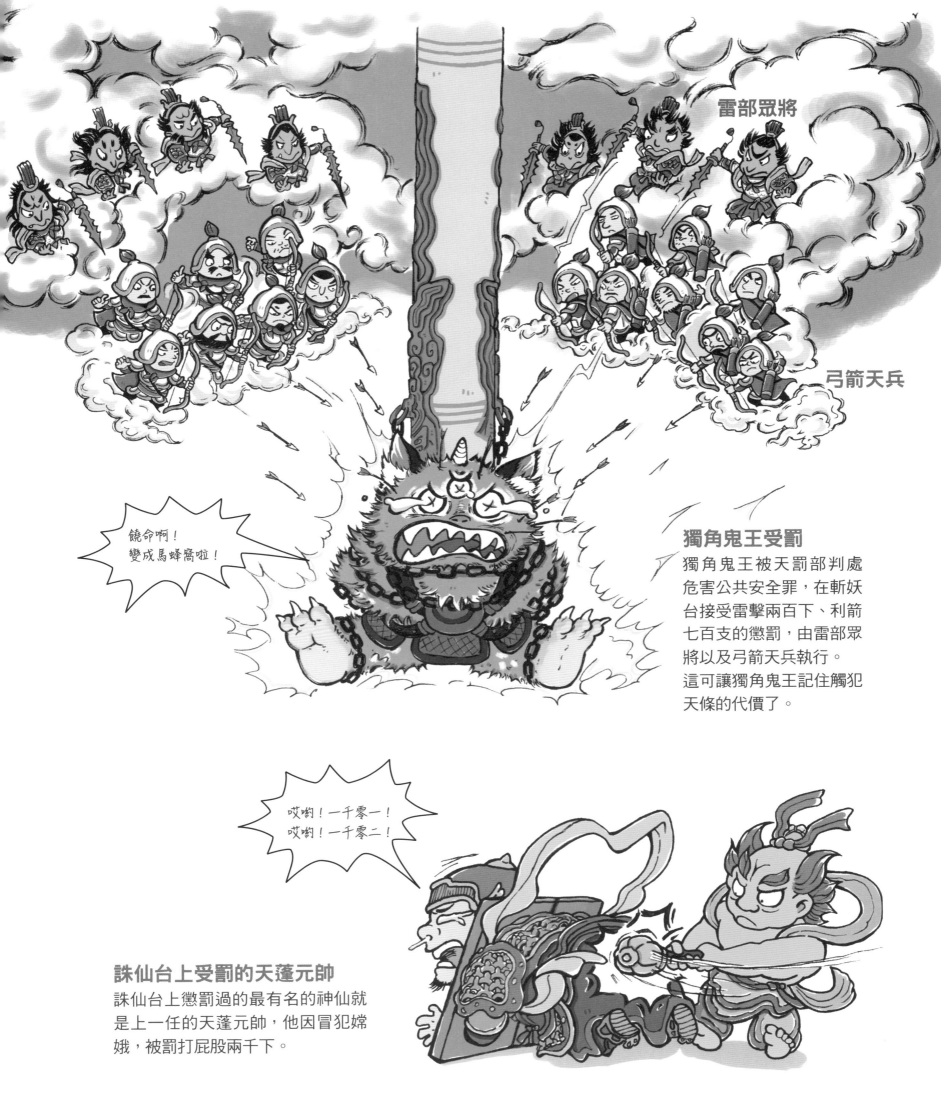

雷部眾將

弓箭天兵

饒命啊！
變成馬蜂窩啦！

獨角鬼王受罰
獨角鬼王被天罰部判處危害公共安全罪，在斬妖台接受雷擊兩百下、利箭七百支的懲罰，由雷部眾將以及弓箭天兵執行。
這可讓獨角鬼王記住觸犯天條的代價了。

哎喲！一千零一！
哎喲！一千零二！

誅仙台上受罰的天蓬元帥
誅仙台上懲罰過的最有名的神仙就是上一任的天蓬元帥，他因冒犯嫦娥，被罰打屁股兩千下。

33

廣寒宮

小鑽風離開了讓他不舒服的斬妖台，來到廣寒宮。不過，廣寒宮冷冷清清的，讓小鑽風感到陣陣寒意。

廣寒宮又名月宮，是嫦娥居住的地方。在《西遊記》中，廣寒宮真正的主人是太白星君。

月桂

加件衣服會好一些。

這個地方有點冷啊！

廣寒宮周邊的建築

月池

嫦娥奔月

遠古時期，天上有十個太陽，人們在十個太陽的炎烤下無法生存。這時候，一個叫后羿的英雄出現了，他拉弓搭箭射下了九個太陽，拯救了世界。

西王母為了感謝后羿，賜給他仙藥。后羿把仙藥交給妻子嫦娥保管。后羿的徒弟逢蒙知道了這件事情，起了壞心。一天，逢蒙見后羿不在家，便前來搶奪仙藥。嫦娥無奈之下只好吞下仙藥，飛到天上，來到了廣寒宮。從此夫妻天地兩隔，無緣再見。

關於嫦娥奔月還有其他版本。

嫦娥姐姐好可憐。

月宮特產——蛤蟆丸

相傳月宮有一隻兔子，渾身潔白如玉，稱作「玉兔」。玉兔拿著玉杵，跪地搗藥，搗成蛤蟆丸。

天天搗藥，不如下凡去玩玩。

妖精！放了我師父！

嘻嘻！

悟空救我！

玉兔下凡

玉兔曾經下凡，變成天竺公主，要嫁給唐僧，孫悟空施法降伏了這個玉兔精，救回唐僧。

天蓬元帥酒後戲嫦娥

豬八戒擔任天蓬元帥的時候，在蟠桃宴上喝醉了，闖入廣寒宮要調戲嫦娥，被糾察靈官抓住，由天罰部審判重責兩千錘，貶下人間後錯投了豬胎，變成了豬八戒。

豬八戒改邪歸正，保護唐僧西行取經，最終成了淨壇使者。

月宮特產——人參丹藥

《霓裳羽衣曲》的來歷

傳說唐明皇曾遊月宮，聽了月宮中的仙曲，回去後改編為《霓裳羽衣曲》。

月宮特產——桂花酒

瑤池

瑤池是王母娘娘舉辦蟠桃宴的地方，瑤池上空飄著七彩浮雲，下方的池水平靜如鏡，旁邊是華麗的露台樓閣。

作為此次豪華旅行的一個驚喜，小鑽風還可以在瑤池享受一頓美美的仙界大餐，最重要的一點就是——免費！

哇，肚子還真是餓了呢。

到瑤池啦。小妖怪，你可以在這裡享受一頓美食。

瑤池旁邊供神仙們喝酒吃蟠桃的露台，
正是蟠桃宴的宴會場所。

瑤池的宮殿樓閣下層是仙女們籌備宴會的地方，上
層是王母娘娘休息的地方。

王母娘娘

每當舉辦蟠桃宴的時候，王母娘娘會叫七仙女去蟠桃園採摘最好的蟠桃，在宴會上給眾仙享用。

七仙女

掃描鳥

有的神仙會利用瞌睡蟲潛入蟠桃宴，所以，瑤池保全衛士特意安排了防瞌睡蟲的掃描鳥巡邏，任何瞌睡蟲都無法瞞過牠。

特色大菜

保全衛士
由於孫悟空曾大鬧蟠桃
宴，瑤池加強了蟠桃宴的
保全維護。

瑤池美酒

餐前小點心

蟠桃園

六千年一熟的蟠桃，吃了可以長生不老。

三千年一熟的蟠桃，吃了可以得道成仙。

掃地力士

齊天府

齊天大聖孫悟空掌管蟠桃園時的辦公場所，
因為孫悟空私下天宮而被廢棄。後來孫悟空
保護唐僧西天取經被封為鬥戰勝佛，齊天府
又被重新翻修，供大家旅遊參觀。

哇，我可以嚐
一嚐蟠桃的滋
味嗎？

你想得美！
我都沒有資格
吃，何況你！

萬年桃樹王
據傳蟠桃園所有桃樹都是這棵巨樹的種子發芽長成的。

九千年一熟的蟠桃，吃了可以與天地同壽。

桃水力士

蟠桃園

土地公公

蟠桃宴不是普通的酒宴，它提供有著神奇效果的蟠桃給天宮的眾仙享用，幫助天宮的眾仙長生不老。

因此，蟠桃園自然是天宮重要的寶地。然而，天宮最為錯誤的一次任命就是讓孫悟空掌管了蟠桃園，猴子愛吃桃子是天性，這才導致那一屆蟠桃宴幾乎無桃可吃的尷尬局面。

孫悟空的定身術

孫悟空掌管蟠桃園時正好遇上王母娘娘舉辦蟠桃宴。王母娘娘派七仙女來蟠桃園採摘蟠桃，孫悟空從她們口中得知蟠桃宴居然沒有邀請他，於是，口念咒語，使了一個定身術把七仙女定住。隨後又變成赤腳大仙的模樣混進蟠桃宴。他還變出幾隻瞌睡蟲，讓仙官、力士一個個昏昏欲睡。這樣，孫悟空就可以獨享美味佳肴了。

定，定，定！

七仙女

主要負責採摘蟠桃，把成熟的蟠桃採摘
下來分級存放。

兜率宮

小鑽風天宮之旅的最後一站是兜率宮。兜率宮在三十三重天，這是離恨天太上老君的宮殿。宮殿有三層，第一層用來煉丹，第二、第三層是講道的地方。

四象塔
四象塔依東、南、西、北四個方位設置，分別代表青龍、朱雀、白虎、玄武。

八卦爐
兜率宮一圈有八座八卦爐，按八卦的方位設置。

這裡是太上老君煉仙丹的地方。

是仙丹！不是鹹蛋。

鹹蛋？這有什麼稀奇的，俺老家的小店就有賣呀。

仙丹被盜案

天宮還有小偷？是的，而且偷的居然是太上老君煉的仙丹！還真有這樣的事情。

那次孫悟空在蟠桃宴上偷喝光了御酒後，醉醺醺地到了兜率宮。太上老君正在樓上和燃燈古佛講道，孫悟空看到煉丹爐旁邊放的仙丹，趁著醉意，他全部偷吃光光。酒醒後，孫悟空知道自己犯下了彌天大錯，趕緊逃回花果山。

青牛

太上老君的坐騎。

這青牛也曾偷走法器金剛琢，私下凡間成妖，把唐僧師徒折騰得很慘，孫悟空請來的各路神仙都不是他的對手。最後如來佛祖告訴孫悟空青牛精的出身，在太上老君的幫助下，孫悟空收服了青牛精。

金箍棒

孫悟空的武器，是太上老君親自在八卦爐中鍛造的。後來被放在了東海。

紫金鈴

這個寶貝也是在八卦爐中煉出來的，威力強大，能噴火、噴煙和噴黃沙，無人能及！

紫金鈴本是觀音菩薩的法寶，後來被妖怪賽太歲偷到下界。孫悟空偷了紫金鈴，才制伏了「賽太歲」。

九齒釘耙

太上老君有一天得到了一塊神冰鐵，他親自錘煉，借眾仙之力鍛造出了這件寶貝。

金剛琢

這件寶貝就是神界最厲害的圈套，不管敵人用多厲害的法寶，通通都會被它套走，而且它也會變化，水火不侵。

除此之外，它還十分堅硬。在二郎神和孫悟空打鬥時，太上老君還助力二郎神，用它打中過孫悟空的頭，打得孫悟空摔了一跤。要知道孫猴子的頭可是刀槍不入的，可見這個金剛琢有多硬！

這麼厲害的寶貝，太上老君最後只用它拴牛鼻子，誰叫青牛精要去下界當妖怪呢！

捆仙繩

使用時念緊繩咒，就算你是大羅金仙，照捆不誤，威力無比。平日裡太上老君只用它做腰帶。

八卦爐

太上老君用它又煉法寶又煉丹，就連孫悟空也被抓來煉了七七四十九天。

幸虧孫悟空法力高強，他逃出來時，踢翻了八卦爐，掉下幾塊磚散落到了人間，變成了八百里火焰山。

金靈和銀靈

看守丹爐的兩個童子，後來私下凡間做了金角大王和銀角大王。

仙丹

八卦爐最重要的作用就是煉出各種寶貴的仙丹，其中很有名的就是九轉還魂丹。孫悟空曾向太上老君求過九轉還魂丹，用來救活烏雞國國王。

芭蕉扇

太上老君用來搧火的法寶，威力極大。

紫金紅葫蘆、羊脂玉淨瓶

盛丹的紫金紅葫蘆和盛水的羊脂玉淨瓶威力極大，叫一聲誰的名字，他如果回應，就會被吸進裡面。

從兜率宮出來，小鑽風來到了北天門。到了這裡，天宮之旅就結束了。這裡的一切對於來自凡間的小鑽風來說都無比新奇，他怎麼看也看不夠，但遊遊仙官似乎更急着帶他去看看別的世界。

北天門

還沒看夠呀！

接下來要去的地方更精彩！

接下來他們會去哪裡呢？是不是有更多的奇妙世界等著他們去探索？小鑽風對接下來的行程充滿期待，我們也一起前往去遊歷吧。

　　普普通通的妖怪小鑽風得到一次遊歷整個神話世界的機會。現在，遊遊仙官帶著他從北天門離開了天宮，他們會去哪裡繼續這神奇的旅程呢？

人間妖怪法寶多

雲車載著兩人來到了人間，遊遊仙官得意地說出了這次行程的目的地。

什麼！人間？妖界？

對呀，很期待吧！

人間？我不就是住人間的嗎？那有什麼好看的？妖界就更不用說了。小鑽風臉上寫滿了失望。

等等……其實我想說，我更想繼續遊天宮。

人間可不是你以為的那個人間。

不是神奇的地方我才不會帶你去看呢。

是嗎？我怎麼覺得是你自己想看呢。

看到小鑽風失望的樣子，遊遊仙官一臉不屑，他可是精心策劃了這一條遊玩路線，這個小妖怪，居然還不領情！

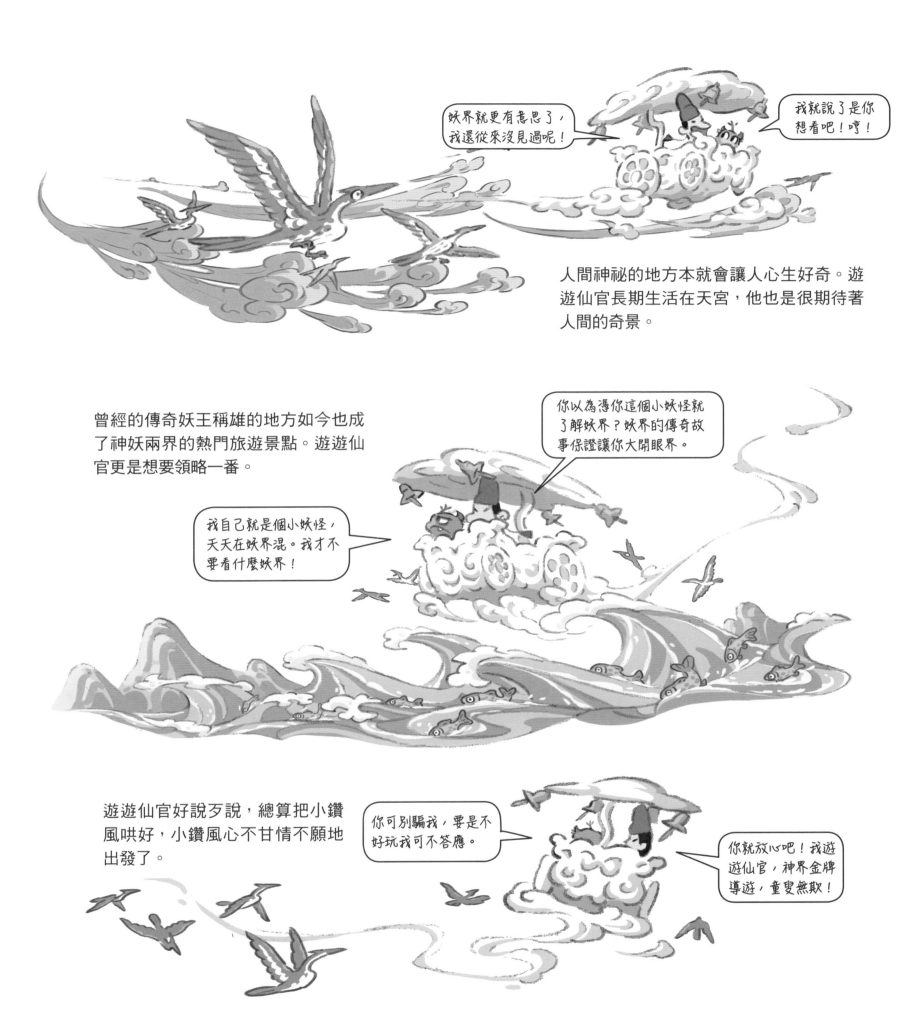

妖界就更有意思了，我還從來沒見過呢！

我就說了是你想看吧！哼！

人間神祕的地方本就會讓人心生好奇。遊遊仙官長期生活在天宮，他也是很期待著人間的奇景。

曾經的傳奇妖王稱雄的地方如今也成了神妖兩界的熱門旅遊景點。遊遊仙官更是想要領略一番。

你以為憑你這個小妖怪就了解妖界？妖界的傳奇故事保證讓你大開眼界。

我自己就是個小妖怪，天天在妖界混。我才不要看什麼妖界！

遊遊仙官好說歹說，總算把小鑽風哄好，小鑽風心不甘情不願地出發了。

你可別騙我，要是不好玩我可不答應。

你就放心吧！我遊遊仙官，神界金牌導遊，童叟無欺！

萬壽山

小鑽風人間之旅的第一站來到了西牛賀洲（神話世界的四大部洲之一）的萬壽山五莊觀，名字聽起來很普通，但住在這裡的鎮元大仙是個厲害人物，法力高強。可是厲害的神仙多的是，為什麼要來這裡參觀呢？

因為這裡有一棵非常神奇的樹，叫作人參果樹，在神話世界的四大部洲裡，只有這一棵神樹是盤古開天闢地時長成的。

師兄，鎮元大仙會請我們吃人參果嗎？

做夢！

拜訪鎮元大仙的仙人

萬壽山五莊觀到了！

哇，傳說中的人參果樹！

神奇的人參果樹

人參果樹結的果子叫人參果。人參果樹三千年一開花，三千年一結果，再過三千年才能成熟。神奇吧？不，神奇的還在後面。

人參果樹每次只結三十個果子。更神奇的是果子長得像才出生兩三天的小孩！請注意細節，只是「像」，不是真的。大家不要搞混了，因為去西天取經的唐僧就沒分辨出來，鬧出很多誤會。

說了這麼久，最最神奇的地方來了：這個人參果，聞一下，可以活到三百六十歲；吃一個，可以活四萬七千年！

關於修行的事

神仙也不都全是長生不死的，平日還要勤奮修行，應對各種劫數，才能活得更久。可是五莊觀裡的神仙有了人參果，輕輕鬆鬆就能活得更長久。這一點讓其他地方的神仙十分羨慕。當然，天宮的神仙除外，畢竟他們有蟠桃宴，蟠桃的神奇效果和人參果不相上下。

嗯！

明月

明月，客人來了，回去吧！

清風

鎮元大仙

道號鎮元子。鎮元子法力高強，門下散仙無數，觀內還有四十八個徒弟，最小的兩個是清風、明月，在《西遊記》中他們負責接待唐僧師徒。

> 我要去聽元始天尊講道，你們好好招待一下這位幸運的小朋友。

清風、明月

清風、明月是道家仙童，看起來像小孩子，年紀卻不小，清風有一千三百二十歲，明月有一千二百歲。

> 是，師父。

> 這樣太無禮了！

> 請我吃人參果嗎？

金擊子

五莊觀裡專門用來敲擊人參果的工具。因為人參果遇金而落，遇木而枯，遇水而化，遇火而焦，遇土而入，所以只能用純金打造的金擊子打落。

絲帕
接人參果用。

人參果的正確吃法

首先，必須要用金擊子敲，才能打下人參果，用手是扯不下來的。

其次，接人參果的盤子要鋪上絲帕襯墊。人參果碰到木器，就枯了，吃了也不能延壽。

第三，如果人參果不小心掉到地上，就會鑽到土裡，再也找不到了。

不知人參果的唐僧

唐僧師徒四人來到五莊觀。鎮元大仙不在觀裡，但他和唐僧有緣，出門前叮囑清風、明月請唐僧吃人參果。可是唐僧堅決拒絕食用。

> 這和尚肉眼凡胎，不認得我道家仙寶。

> 這明明是不滿三天的孩童，怎麼能吃呢？

> 太可惜了！

> 唐僧這是什麼眼神呀？

大鬧五莊觀

豬八戒無意中發現了人參果的存在，慫恿孫悟空去偷。清風、明月知道後把他們師徒四人一起罵了一頓，兩個人伶牙俐齒，罵起人來很厲害，孫悟空一怒之下推倒了人參果樹。

鎮元大仙回來後抓住唐僧師徒，要孫悟空賠樹。孫悟空四處尋找醫樹的方法，最後請觀音菩薩用玉淨瓶甘露水救活了神樹，這場風波才得以平息。

毀我仙樹，哪裡逃！

小氣！一棵樹值得這麼大動肝火嗎？賠你一棵就是。

！

我什麼都不知道……

猴哥，你偷吃就偷吃了，幹嘛把他的樹推倒呀？

袖裡乾坤

鎮元子最厲害的招數就是袖裡乾坤。不管唐僧師徒怎麼逃，鎮元子只要把袖袍一展開，他們就全部被捲進袖袍裡。

打了一個賭

鎮元大仙和孫悟空打了一個賭，如果孫悟空有辦法救活人參果樹，就和他結為兄弟。後來孫悟空請來觀音菩薩救活了人參果樹，鎮元大仙果然和孫猴子結為兄弟。

玉淨瓶甘露水的祕密

觀音菩薩曾和太上老君做過一個實驗，把菩薩的楊柳枝放在八卦爐裡煉得焦乾，再插到玉淨瓶當中，一夜的工夫，楊柳枝又變回青枝綠葉了。

不打不相識！

大哥在上，小弟失禮了。

遊遊哥哥，請問這是什麼仙果？

這個嘛，就叫蘋果仙果！

通天河，浩浩蕩蕩有八百里寬，河東是車遲國元會縣的陳家莊，河西是西梁女國的地界。通天河水深浪急，一般人不敢去河上冒險，自古以來就很少有人能渡河。

通天河的渡船

通天河是去往女兒國的必經之路。河東陳家莊人感激唐僧師徒當年幫助他們收服了靈感大王，他們期待著唐僧師徒取經歸來，因此造了渡船，雇用一群大力怪來做船夫，才開闢了這條僅有的航線。雖然唐僧師徒後來並沒有坐上他們的渡船，但這條航線一直保存下來。

大力怪

大力怪名字嚇人，其實只是人們因為他們長相猙獰而產生的誤解。他們性情溫和，喜歡吃素。人們時常雇用他們做一些力氣活。

通天河的河水非常深，
水中有各種怪獸。

通天河的深處住著一隻巨大的老黿，牠是通天河原來
的主人，後來被靈感大王占了通天河。孫悟空去南海
請觀音菩薩才收服了靈感大王，老黿為了報恩，馱著
唐僧師徒渡過了通天河，還請唐僧幫忙代問佛祖自己
何時能脫離本殼，修煉成人。唐僧師徒到了靈山卻忘
記了這件事情，再加上唐僧師徒取經只經歷了八十
難，所以就由老黿加入了「通天河落水」這一難。

童男童女怎麼一個像猴，一個像豬？

靈感大王

靈感大王本是觀音菩薩蓮花池裡的金魚，後來下凡在通天河裡成了精，每年都要陳家莊貢獻供品給他。這一年，唐僧師徒路過此地，由孫悟空和豬八戒變成了童男童女去制伏妖怪，金魚精吃了大虧，中了豬八戒一記釘耙。

兩片魚鱗

豬八戒一釘耙敲掉了金魚精身上兩片大魚鱗。

冰凍通天河

金魚精用妖術凍住了通天河，唐僧取經心切，想踏冰過河，結果中了金魚精的圈套，走到半路，冰面破裂，唐僧掉入水中，被金魚精抓了起來。

魚籃觀音像

孫悟空不太擅長水下戰鬥，豬八戒和沙和尚也沒辦法降伏金魚精，孫悟空便去求觀音菩薩，菩薩編了個魚籃收服了金魚精。陳家莊的人們看到菩薩在雲中顯現，有擅長繪畫的人畫下當時的情景，後人稱之為「魚籃觀音像」。

據說菩薩一早就算出金魚下界成精害唐僧，所以來不及梳妝就開始編織竹籃救唐僧。

菩薩居然沒有梳妝！

西梁女國

西梁女國，一個神祕的國度。就連小鑽風也很好奇這是一個什麼樣的世界。

據說這裡的人都是長裙短襖的裝扮，國王大臣是女子，武將士兵是女子，農夫漁民是女子，販夫走卒也是女子。大家記得上一次有客人來，還是很多年前的唐僧師徒。

快看，客人！

快看，客人！

快看，客人！

快看，客人！

這就是子母河，想不想喝一口呀？

我才不想呢……

子母河

西梁女國附近有一條河，叫作子母河，喝了子母河的水後就可以懷胎生子。女兒國裡的人年滿二十歲後，才敢去喝子母河裡的水。唐僧師徒到這裡時，不知道這個祕密，唐僧和豬八戒因為口渴喝了河裡的水，結果都懷了胎。

解陽山

落胎泉

西梁女國有一座山叫解陽山，山中有個破兒洞，洞裡有一眼落胎泉。如果不小心喝了子母河的水，卻不想生孩子，只要再喝一口落胎泉的水，就可以解下胎氣。

有一天，一個叫如意真仙的道人來到這裡。他把破兒洞修成了一座道觀，取名聚仙庵，然後霸占了落胎泉收錢。西梁女國的人想要喝落胎泉的水，必須要花大錢才行。

照胎泉

西梁女國外有一座迎陽館驛，門外有一個照胎泉。女兒國的人喝了子母河的水，三天後就可以去照胎泉照一照，水裡如果有一雙影子，就可以生孩子了。

如意真仙的來歷

聚仙庵的如意真仙是牛魔王的結拜兄弟，他的侄子紅孩兒被孫悟空請來的觀音菩薩收去當了善財童子，因此他和孫悟空也結了仇。孫悟空來這裡求落胎泉水，如意真仙不願給，兩個人打了起來。孫悟空打敗了如意真仙，卻沒有殺他，只取了泉水，如意真仙也放下了芥蒂。

西梁女國來了客人

上一次有客人來到西梁女國，還是唐僧師徒西天取經路過這裡的時候。這麼多年過去了，小鑽風他們來到這裡，西梁女國又一次來了客人，城裡馬上傳開，大家紛紛擁上街頭圍觀。

女王陛下

女王是西梁女國的象徵，但不負責管理朝政，國家的管理自有政府機構負責。

喜歡螫人的蠍子精

西梁女國附近的毒敵山上有一個琵琶洞，洞裡住著一個超級厲害的蠍子精。她尾巴上的鉤子叫作倒馬毒，螫過孫悟空的頭、豬八戒的嘴唇，就連如來佛祖的手指也被她螫過，被螫了之後都是疼痛難忍。

昴日星官是隻大公雞

再厲害的蠍子精畢竟也是蠍子，蠍子的天敵就是公雞，這叫一物降一物。

天宮的神將昴日星官真身就是一隻大公雞，孫悟空請昴日星官幫他降妖。昴日星官現出真身對著妖精叫了兩聲，這神雞一叫，威力無窮，蠍子精立即現出原形，死了。

離開西梁女國，小鑽風和遊遊仙官乘著雲車來到了火焰山。在雲車上的小鑽風直呼火焰山息息熱得受不了，於是他們掉轉方向，先飛到了和相關的另一個地方——翠雲山。

火焰山

翠雲山

翠雲山在火焰山的西南方，這裡風景優美。山上的芭蕉洞是鐵扇公主住的地方。

為什麼說翠雲山和火焰山息息相關呢？原因就在於鐵扇公主的寶貝——芭蕉扇。要知道，全世界只有鐵扇公主的芭蕉扇可以熄滅火焰山的大火。

沒有了火焰的火焰山

唐僧師徒西天取經時路過八百里火焰山，孫悟空借鐵扇公主的芭蕉扇把火給熄滅了，師徒四人才得以通過。

為了斷絕火根，孫悟空又連搧四十九搧，有火的地方下起了雨，無火的地方涼爽清透。

逍遙自在的牛魔王

牛魔王，鐵扇公主的丈夫，曾經是妖界魔王，和孫悟空一樣，也有七十二般變化，法力高強，他的坐騎名叫避水金睛獸。

現在的牛魔王，除了有事去西天值班之外，通常都是在家陪鐵扇公主，偶爾出門應酬一二。

清華莊的修行大賽要開始了。

天上掉下幾塊磚

孫悟空大鬧天宮時，被二郎神楊戩抓住，放在太上老君的八卦爐裡鍛燒。開爐後發現孫悟空非但沒被燒死，還一腳蹬倒丹爐，落下幾塊磚，掉落到這裡變成了火焰山。

被孫猴子害慘了的老百姓

火焰山附近的老百姓因為孫猴子這一腳倒了大楣，世代生活的地方變得四季炎熱，種不了糧食。

聽說有個鐵扇公主

火焰山的老百姓聽說有個鐵扇公主，是一位得道的女仙，她的寶物芭蕉扇可以幫他們滅火。這下大家燃起了希望，畢竟這是祖祖孫孫生活的地方，大家捨不得離開。

芭蕉扇使用指南

搧一下，熄滅火焰山的大火；搧兩下，刮起風來；搧三下，天上會下雨。

以上特效，可保一年。大家耕種生產，收穫五穀。

絕密：芭蕉扇的終極奧義——連搧四十九下，大火永不復燃！

牛魔王之子紅孩兒

牛魔王與孫悟空是結拜兄弟。不過，他和鐵扇公主的兒子紅孩兒曾是有名的妖王，號稱聖嬰大王。紅孩兒企圖吃唐僧肉，被孫悟空請來的觀音菩薩收去當了善財童子，因此牛魔王夫妻與孫悟空反目成仇。

請鐵扇公主幫幫忙

火焰山的老百姓每隔幾年要沐浴更衣，準備很多禮物，虔誠地拜到翠雲山，請鐵扇公主出山幫忙搧火，讓他們可以耕田種地，休養生息。

想兒子的鐵扇公主

鐵扇公主思念兒子，因此對孫悟空十分怨恨。孫悟空來借芭蕉扇，她毫不猶豫地拒絕了。

當什麼善財童子，

他還在長身體呢……

娘子，觀音菩薩那裡伙食應該不錯的，想開點。

善財童子跟著觀音菩薩，與天地同壽，與日月同庚，多好！

可是鐵扇公主思念自己的孩子，好可憐喲。

火焰山土地神

原本是兜率宮守丹爐的道士，被太上老君責罰下界做了火焰山的土地神，一心想熄滅火焰山的大火，好早日回到天宮。

十八萬五千四百二十天了，我什麼時候才能回天宮呀？

一借芭蕉扇

孫悟空第一次借扇子，鐵扇公主看到仇人上門，拿出扇子一搧，猴子被搧到了五萬里外的小須彌山靈吉菩薩的禪院。

借了把假扇子

孫悟空設計鑽進了鐵扇公主的肚子裡，鐵扇公主沒辦法，只好把扇子借給他，但其實那是一把假扇子。

孫悟空拿著假扇子越搧火越大，屁股上的毫毛也被燒沒了。

牛魔王的避水金睛獸與二借芭蕉扇

避水金睛獸長得像麒麟，鹿角獅頭虎爪，渾身布滿鱗片，全身赤紅，天上水裡都能去。避水金睛獸看上去很威猛，就是有點不太認生，孫悟空輕輕鬆鬆就把牠給騎走了，然後變成牛魔王的模樣，第二次騙走了鐵扇公主的芭蕉扇。

我這個牛魔王可以以假亂真，騙扇子去！

三借芭蕉扇

牛魔王變成豬八戒騙回了芭蕉扇，孫悟空與牛魔王打鬥起來。這次，天宮的托塔李天王、哪吒三太子和西天的四大金剛等眾仙統統趕來助陣。

牛魔王被抓，歸順了西天。鐵扇公主主動獻出寶扇熄滅了火焰山的大火。唐僧師徒得以繼續西行取經。

有借有還嘛。

扇子還給了鐵扇公主。

小西天的黃眉大王被彌勒佛祖收服之後，小雷音寺也被孫悟空他們毀掉，只剩下斷壁殘垣，滿目荒涼。

有一天，一位神祕客來到這裡，看到這裡的雲山霧海，宛如水墨山水般的美景，十分喜歡。她在這裡住了下來，修建了一座小涼亭，賣碗熱湯，招待四方來客。沒想到生意越做越大，小西天居然變成了天下聞名的美食坊。

永不停業的小西天

經過漫長的排隊等候，小鑽風終於能夠享用美食啦。好在這裡不分晝夜，全天營業，不管等多久，總是能吃得到。

雷鳥

雷鳥個頭兒很小，力氣卻不小，小西天請它們來端茶、送水、上菜很合適。

極樂超級鴛鴦大火鍋

這個超級大火鍋是小西天的一大特色，鍋底由無憂湯熬煮而成，源源不斷的食材加入其中，濃香撲鼻，美味爽口，令人無法拒絕。

多手怪

多手怪雙頭四手，上菜的工作很適合他們。

太好吃啦！我要吃上三天三夜！

小西天的美食可不只是無憂湯。

好貴喲。幸好不用我買單。

咕咕，咕咕！

翻譯：
八菜一湯，
四百八十文錢！

抱抱燒怪

小西天烹製食材是靠抱抱燒怪，他們的形狀像是一團蒸氣，誕生於地底岩漿中，他們本身的高溫很適合烹製食物。

忙忙碌碌的廚房

廚房有一定的魔法加持，可以保證在繁忙的工作中秩序不亂。

當年彌勒佛祖去元始天尊那裡赴會，他的黃眉童子趁機偷了幾樣寶貝下凡，自稱黃眉大王，還建立了小雷音寺，又稱小西天。唐僧路過這裡時，還以為是雷音寺，進去參拜，結果被黃眉大王抓了起來。孫悟空幾次想救出唐僧都沒有成功，最後彌勒佛祖親自過來，才收服了黃眉大王。

從小涼亭開始的創業

神祕客賣的這個湯叫無憂湯，據說喝了這個湯的人會忘記自己的煩惱。生意一開張，就迅速地火紅起來。

神祕客很神祕

小西天來了一位神祕客，她決定在這裡賣湯！她的來歷沒人知道，只知道她的湯在神仙、妖怪兩界都很受歡迎。

一個好主意

有一天，有人對神祕客說：「你們的湯真是太好喝了，應該擴大規模才是。」神祕客心動了。

小涼亭要開始大發展

神祕客開始擴建她的店，小涼亭不見了，一家正式的酒家建了起來。神祕客幫這家店取名為「小西天」。

小西天的大事業

小西天生意愈來愈好，各路神仙妖怪入股加盟，小酒家慢慢變成了大飯店。旁邊也開起了各種美食店，小西天變成了美食坊。

傳奇的誕生

小西天成了西牛賀洲最有名的美食坊，小西天的無憂湯也成了一個傳奇。

被層層保護的配方
小西天的無憂湯名聲愈來愈大，想偷走它的配方的人自然不少，因此，防盜工作是重中之重。

無憂湯配方

沉香木機關盒

崑崙山玄鐵做的玄鐵籠

上古毒龍

接下來是小鑽風很嚮往的地方——由大鵬王建立的獅駝國。大鵬王吃了國王和大臣，把原來的城池變為妖怪們的地盤，整個城池全部是大大小小的妖怪，結構嚴密，體制完整。

後來大鵬王聯合青獅王、白象王抓了唐僧，企圖吃唐僧肉，遭到眾仙圍剿，獅駝國從此衰落。如今的獅駝國變成了熱鬧的旅遊景點，妖怪們在此緬懷昔日的光景。

獅駝國

想當年，大鵬王翅膀搧一下就飛九萬里……

皮影戲
每天這裡都會上演皮影戲。

演繹的就是當年孫悟空大戰大鵬王的故事。

獅駝國遺址

哇，這可是我們妖怪的聖地呀！

路邊的麵館

兜售紀念品的小販

神魔大戰遺址
城內到處都是當年神魔大戰的痕跡。

巨大的衝擊破壞力驚人，可以想像當時戰況的慘烈。

糖葫蘆，好吃的糖葫蘆。來一串嗎？

各色攤販
旅遊業蓬勃發展，讓當地的小店生意興隆。

79

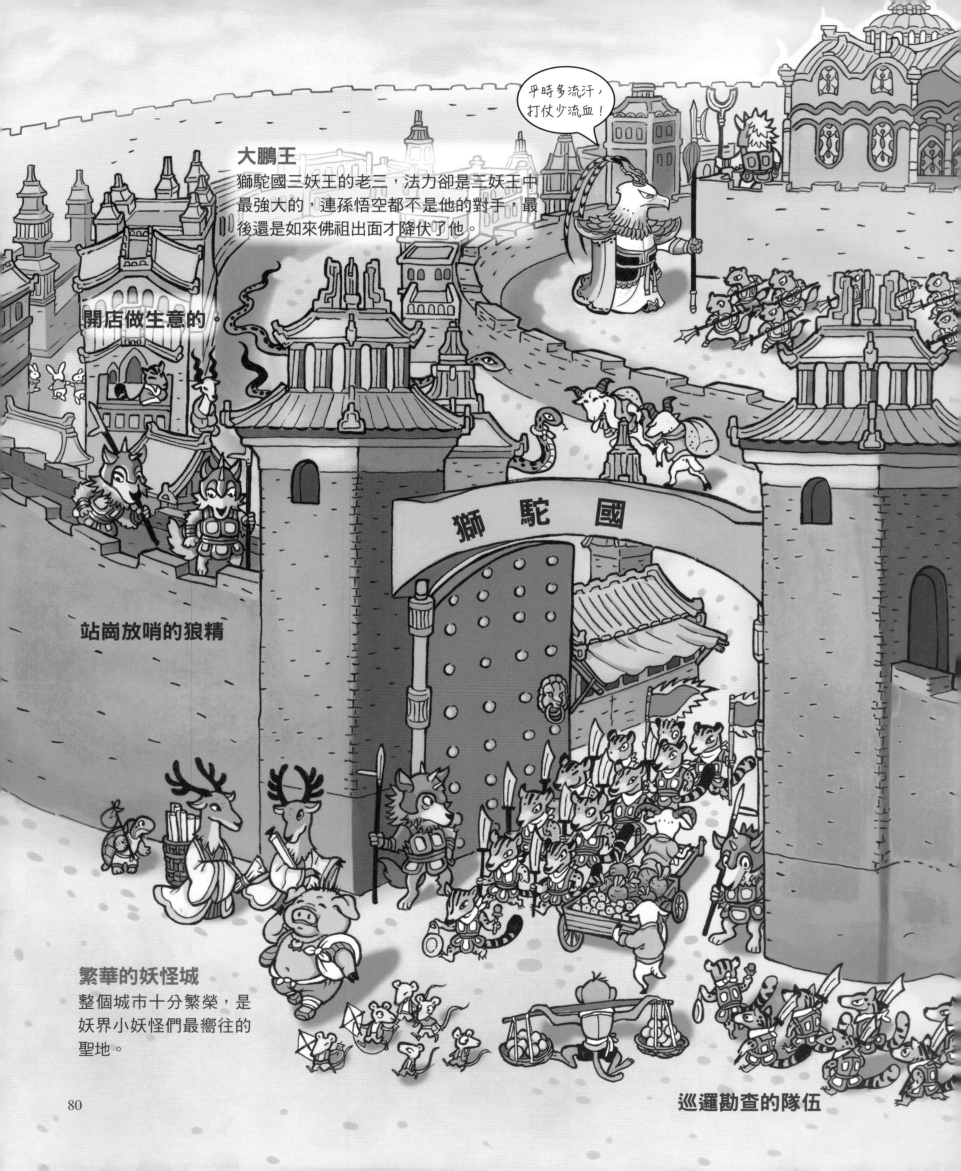

青獅王

獅駝國三妖王的老大，平時與白象王盤據在離
獅駝國四百里的獅駝嶺，不常住獅駝國。他是
文殊菩薩的坐騎，下凡成妖，自稱青獅王。

野豬總兵訓練軍隊

白象王

三妖王的老二，是普賢菩薩的坐騎，下凡成
妖，自稱白象王。擅長用鼻子捲人，豬八戒和
他比試的時候就被他用鼻子捲住後抓住。

各地挑擔、拉車送貨的妖怪

81

小鵬王

獅駝國來了一個自稱小鵬王的妖怪，據說是大鵬王的曾曾曾孫。但也有人說，其實他是大鵬王曾曾曾孫隔壁家的侄兒的表舅的三叔。小鵬王也有幾分本事，集結了一幫妖怪準備重建獅駝國，重振獅駝國雄風。

安居工程

小鵬王也許法力一般般，但十分聰明，他重建獅駝國計劃的第一步就是蓋房子，先安居再樂業。

妖怪們把石頭切割成塊，用來修補城牆；砍伐木頭，修建房子。這兩樣東西獅駝嶺應有盡有，工作進展得很順利。

發展經濟

小鵬王精通發展之道,他派人把獅駝國的特產運到外地銷售,同時把獅駝國需要的東西買回來。一來一往,經濟就被拉動起來,經濟一發展,就有資金建設獅駝國了。

好政策

為了吸引更多的妖怪來獅駝國,小鵬王為每位來獅駝國定居的妖怪提供房子。這個政策果然吸引了大批的妖怪前來獅駝國定居。

小鑽風居然遇到了之前在金斗山共事過的小旋風。小旋風說小鑽風辭職後沒多久,金斗山就被天兵天將剿滅了。聽說小鵬王這裡有很好的發展,於是他就來了獅駝國,沒想到遇到了小鑽風。

人間妖界的遊歷結束了，小鑽風意猶未盡，沒想到這一趟旅程這麼精彩，身為妖怪的他居然也沒見識過這麼精彩的妖怪世界。

告別了小旋風，遊遊仙官帶著小鑽風穿過獅駝國前往雲車。兩個人邊走邊聊了起來。

怎麼樣？不虛此行吧？

真的太有意思了，原來妖界的故事這麼豐富精彩。

沒錯。

這麼一趟下來，我都覺得白當了這麼多年妖怪了。

想到小西天的美食，小鑽風不禁吞了吞口水。

不過這一次終於長見識了。

尤其是小西天的那個無憂湯，真是讓人流連忘返呀。

吞完口水，小鑽風又想起了五莊觀的那棵神奇的人參果樹，
沒能吃到人參果，還是有點遺憾呀！

要是能吃一顆
人參果，那就
完美啦！

人參果沒有，子母
河水保證夠喝！

我才不要！我寧願喝
通天河裡的河水。

哈哈！

不過我們還是吃了蘋
果仙果，也不錯！

這……

神話世界中還有很多奇妙的所在，接下來的
旅程遊遊仙官會帶小鑽風往什麼地方去？還
有什麼樣的精彩在等著他們去發現？我們一
起去〈各路神仙住哪裡？〉中尋找吧。

　　遊歷完人間妖界後，小鑽風大開了眼界。雖說自己當了這麼
多年妖怪，巡了那麼多次山，居然不知道人間妖界有這麼多好
看、好玩的東西。不過，接下來的旅程還有更多的驚喜和意外
等著小鑽風。

各路神仙住哪裡？

遊遊仙官和小鑽風在河邊生了篝火，兩個人一邊烤魚一邊聊起接下來的行程。

遊遊仙官似乎胸有成竹。小鑽風好奇地追問起來。遊遊仙官卻不慌不忙地賣起關子。

小鑽風看到遊遊仙官神祕兮兮的表情，好奇得連魚都忘記吃了。

這一趟異域仙境旅程還沒開始，就把小鑽風的胃口吊起來了。我們且跟隨小鑽風的腳步去體會吧。

清華莊

　　比丘國城南七十里的柳林坡有一個清華莊，之前南極仙翁的白鹿在這裡成精，孫悟空降伏了白鹿精之後曾讓土地公公放火燒毀了這裡。沒想到柳樹林燒而不絕，再次生長出一片新的柳樹林，枝繁葉茂，鬱鬱蔥蔥。

　　有一天，一支狐族來到這裡，定居了下來。狐族很喜歡清華莊的與世隔絕，於是，他們就在這裡安居樂業，繁衍生息。

變變變！

清華莊這麼繁華啊！

我們有特別通行證才能進來喲！

通常情況下，人們看不到清華莊這座小鎮，只有知道開門密碼，才能看到它的真實面貌。小鑽風遇到一件神奇的事情，就是九尾狐娶親，這一天，整個鎮上都會張燈結綵，熱鬧非凡。不僅如此，這一天還是清華莊的修行大賽，小鑽風有眼福啦！

清華莊的開門密碼

當年孫悟空捉拿白鹿精和白面狐狸時，追到了清華莊，卻怎麼也找不到清華莊的門在哪裡。只有找到南岸九叉頭的一棵楊樹根下，左繞三圈，右繞三圈，用兩隻手一齊撲在樹根上，連叫三聲「開門」，清華莊才會顯現出來。

白鹿精的故事

南極仙翁的白鹿趁著南極仙翁和東華帝君下棋的時候，偷偷下凡來到比丘國，與一隻白面狐狸扮成父女，迷惑了比丘國國王。後來被孫悟空識破，與趕來的南極仙翁一起收服了白鹿精。

愛月亮的狐族

狐族每逢月圓之時都會對著月亮朝拜，傳說他們能藉此吸收月亮的精華，轉化為自身的能量。

變身記

狐族的小狐狸即將變身的時候
會去尋找陌生人，問他變得像
不像。如果陌生人說「像」，
他就能夠變身成功；如果陌生
人說「不像」，那他就會被打
回原形，從頭再修煉。

清華莊修行大賽

清華莊的修行大賽是狐族的另一大盛事，美
麗是整個九尾狐族追求的最高理想。

修行大賽只有修煉成人形才有參賽資格，法
力越強，才藝就越精湛，所以，修行大賽也
是一場法力強弱的角逐。當然，評委的看法
至關重要，畢竟評分的是他們。

牛魔王的二夫人玉面公主就是狐族，因此牛
魔王與狐族之間的關係很好。所以修行大賽
還特邀他來做評委。

天竺國

小鑽風來到天竺國金平府的這一天正好是上元節，慶典剛剛拉開序幕，這可是人間最熱鬧的節日。小鑽風覺得自己太幸運了。

花車
為了慶典，金平府新增了花車遊行，節日氛圍更加濃厚。每次花車遊行都會評選出最美的花車，稱之為「花魁」。

金平府的上元節

自從金平府的犀牛精被孫悟空請天神收服後，金平府把上元節的慶典用來紀念唐僧師徒。其他曾受唐僧師徒幫助的國家和地方也紛紛響應參加，金平府的上元節逐漸演變成了西牛賀洲最大的盛事。後來，各路神仙、妖怪也加進來，金平府的上元節就更加精彩了。

96

瘋狂騎手大賽

上元節最吸引人的還不是花車遊行，瘋狂騎手大賽才是整個節日最讓人興奮的。

參賽選手身分不限，神、妖、人都可以，前提只有一個，你得有自己的坐騎。規矩也很簡單，先到達終點者就是冠軍！

噭咕咕

翻譯：
我是第一！

讓開！讓開！
擔架來啦！

終點

湯券

小西天贊助了本次大賽

今年大賽的獎品除了獎牌之外，更有小西天特意頒發的「湯券」，一年全免券！持此湯券，可以在小西天免費吃喝一年，簡直無比誘人啊！

這是天竺的特技表演嗎？

你可以下來玩玩不？

疊羅漢
沒想到在金平府街上見到了疊羅漢表演，果然是一絕呀！

踩著高蹺的泡泡怪
泡泡怪有兩張臉，頭上一張臉，肚子上也有一張臉。他最擅長的就是用喇叭吹出稀奇古怪的泡泡。

幻幻妖
幻幻妖的腰上掛著一排口袋，每個口袋都能噴出不同的魔煙，變幻出不同形狀的圖案，隨著他手中的鈴鐺起舞。

任何節日都離不開的煙花

這天的煙花絢爛多彩，據說煙花都是從南贍部洲的大唐運過來的，燃放起來絢麗奪目，讓遊遊都不想回到天宮了。

金平府燈會

金平府燈會最有名的是三盞巨大的酥合香油金燈，裡面盛著金平府的特產 —— 酥合香油。犀牛精很喜歡吃，每次上元節的時候都會假扮佛祖來索取金燈燈油，直到犀牛精被收服。由於昂貴的金燈讓老百姓負擔很重，便被取消了。現在的上元節花燈樣式也十分豐富，下面懸掛著各種謎語，猜中了可以依上面的指示前往領取豐厚的獎品。

花果山

接下來，雲車載著小鑽風他們離開了西牛賀洲，前往東勝神洲的花果山。花果山，妖仙兩界傳奇人物孫悟空出生成長的地方，是整個人間之旅中最令小鑽風期待的一站。

孫悟空的一生太過傳奇，做過妖仙，當過妖王，做過天官，被封為齊天大聖。後來因為大鬧天宮，被如來佛祖壓在五行山下五百年。被唐僧救出後，保護唐僧西天取經，歷經九九八十一難，最終成為鬥戰勝佛。

這樣的傳奇經歷引得妖仙兩界無不景仰，也讓花果山博物館成為人間最具吸引力的一大景點，朝聖許願的人絡繹不絕，為花果山帶來了新的生機。

最佳觀景台

從這裡看到的就是孫悟空穿過瀑布的地方。而今瀑布中修建了巨大的齊天大聖像，用來供人們瞻仰。

我也要像他一樣幹一番大事業！

當年鬥戰勝佛在天宮當弼馬溫時，我還在他手下幹過呢！

這麼酷的雕像！

參見鬥戰勝佛！

往這邊去有很多旅遊紀念品店，要不要帶幾樣回去做個紀念？

不要！

價錢公道！童叟無欺！

純手工雕刻！鬥戰勝佛像！

水簾洞

當年花果山群猴約定，誰敢跳入瀑布，而且不受傷，他們就拜他為王，只有孫悟空大膽地穿過瀑布，還發現瀑布後面的水簾洞。出來後，群猴便拜他為花果山美猴王。

水簾洞棧道

為了方便大家旅遊觀光，花果山旅遊管理部門特地修建了這條棧道，方便遊客出入。

美猴王的寶座

孫悟空當年坐過的寶座是花果山的熱門景點。
據說當年孫悟空大鬧天宮被抓之後，水簾洞裡的一切，包括這個寶座都被天兵天將毀壞殆盡。所以這個寶座應該是後來複製的，並非原物。但熱情的朝聖者似乎並不在意這些。

美猴王的第一件衣服

這個無法考證，應該是複製品。畢竟只是一個草裙，保存下來的可能性不大。

美猴王用過的酒杯

這件古董也是複製的。原物在展出後不久就被盜了，追查了很久也沒破案，只好用複製品替代了。

美猴王的第一件兵器

這件兵器據專家考證說是真的，因為刀把兒上有一個手指印，據說是孫悟空用力過猛留下的。

各種鬥戰勝佛旅遊紀念品
這一塊產品的開發為花果山的居民帶來不少收入，帶動了花果山的經濟發展。

扮一扮齊天大聖
大家都喜歡穿上孫悟空當年的鎧甲過過當齊天大聖的癮。

像不像齊天大聖？

哈哈，有那麼點意思。

齊天大聖的第一套鎧甲
這件鎧甲是原物，孫悟空成佛後，天宮特意送還給他，他把這件鎧甲留給了花果山。

好威風的鎧甲！

這叫鎖子黃金甲。

齊天大聖吃剩的蟠桃核
這個展品肯定不會是原物，幾百年前的桃核能保存下來的可能性微乎其微。

龍宮

小鑽風離開花果山，前往東勝神洲東海龍王的龍宮，巡海夜叉早就得到了消息，率領蝦兵蟹將分開海水，護送小鑽風前往水晶宮。

水下世界的景致完全不同於天宮以及人間，自由翱翔的不是鳥兒，而是魚和海龜。宮殿用水晶建造，流光異彩，上上下下裝飾著千年的珊瑚，穹頂上點綴著萬年的珍珠。海底果然是個寶貝多的地方！

龍王也分很多層級

龍王根據他們管轄的水域分為好幾個級別，井裡面有井龍王，河裡有河龍王，層級最高的是海裡面的東、南、西、北四大龍王。

北海龍王

南海龍王

東海龍王

西海龍王

河龍王

井龍王

烏雞國的井龍王

烏雞國國王被妖怪推入井中溺死，皇宮的井龍王用一顆定顏珠保住了國王的身體。唐僧師徒路過此地，孫悟空找太上老君求來仙丹，救活了國王，幫助他降伏妖怪，奪回了王位。

龍王的主要工作
布雨是龍王的主要工作,天宮會下達指令給各個地方的龍王,幾點下雨,下多少,都有規定。違反了天宮的命令屬於重罪。

倒楣的涇河龍王
長安城有位神人,他能預測出第二天幾時幾刻會下雨,會下多少。涇河龍王逞強好勝,故意耽誤了一點兒時間,少下了一點點,結果因此違反了天條,被判於剮龍台處斬。

我錯了!現在後悔都來不及了!

下雨關係到老百姓的收成,這麼重大的事情,怎麼能當兒戲呢?涇河龍王觸犯天條,斬!

來了隻猴子
孫悟空修仙成功後,煩惱沒有一樣順手的兵器。他決定去找老鄰居東海龍王敖廣求一件好用的兵器。老龍王拿了一堆兵器,孫悟空總嫌太輕,不順手。

這把方天戟重七千二百斤,是我們龍宮最重的兵器了。

太輕!太輕!換一件。

第一次見到這麼樸素的大聖爺。

大聖爺真是神力呀!

海底有根神鐵柱子

老龍王實在想不出有什麼兵器能送給孫悟空，好把他打發走。龍婆龍女提醒龍王，海底有一個寶貝，叫作天河定底神珍鐵。這個寶貝最近不停地放光，有可能是和孫悟空有緣。

老龍王一想，這也是個辦法，這個寶貝超級重，也沒什麼用，不如做個人情送給孫悟空。老龍王便帶著孫悟空來到海底，去看那件寶貝。

天河定底神珍鐵

這根神鐵最近光華四射，想必是和上仙來了有關係。

看來這個寶貝是在等我吧。

貪心不足的孫悟空

孫悟空要了一萬三千五百斤的金箍棒，又賴著龍王要一身鎧甲。老龍王沒辦法，找來了其他幾個海龍王幫忙。南海龍王敖欽拿出一頂鳳翅紫金冠，西海龍王敖閏拿出一副鎖子黃金甲，北海龍王敖順拿出一雙藕絲步雲履，總算是打發了孫悟空。

忿忿不平的龍王們

孫悟空走後，龍王們十分氣憤，聯名上書跟玉皇大帝告狀，要求嚴罰孫悟空。玉帝本來打算派兵捉拿孫悟空，太白金星卻認為招安更合適。於是，孫悟空被招到天宮當了弼馬溫，從一隻妖猴變成了神。

蓬萊

蓬萊、瀛洲、方丈三座仙山在東方大海中，這裡是神仙世界最為浪漫逍遙的地方。因此，世人都嚮往這三座仙山，小鑽風自然也想一睹仙山的奇妙之處。

福祿壽三星居住在此，仙山上的房子都是用金銀和白玉砌成的，島上的飛鳥走獸都是白色的，從遠處看就像是一朵朵白雲。

瀛洲

方丈

原來仙山藏在雲裡面啊！

凡人看到的只是一團團的雲影。

玄龜

每座仙山都有一隻巨大的玄龜守護。
相傳渤海之上曾有五座仙山，還有兩座仙山名叫岱輿、員嶠，在遠古時期被龍伯國的巨人釣走了守護的神龜，因此沉沒在海中。

蓬萊

八仙

徐福渡海
這三座仙山在秦朝被徐福看見過，於是他極力遊說秦始皇資助他去尋找仙山，稱仙山上有長生不死仙藥。
秦始皇命徐福率三千童男童女渡海去尋找不死仙藥。徐福乘船渡海向東尋找，找到了一座島嶼，他以為到了瀛洲，便稱之為東瀛。
徐福和三千童男童女就定居在東瀛島，沒有再返回秦國。

海市蜃樓
漢武帝曾多次尋訪蓬萊，在第五次尋訪到達登州之後，命人修築了一座城，取名為蓬萊，算是給自己一個心理安慰。
世人也偶爾在此看到三座仙山在海上顯現，但總是驚鴻一瞥之後就消失不見，於是大家稱之為海市蜃樓。

戲金蟾
大家都喜歡摸一摸蓬萊閣裡的金蟾。

八仙過海
呂洞賓、鐵拐李、張果老、漢鍾離、曹國舅、何仙姑、藍采和、韓湘子八位神仙,在蓬萊閣醉酒後,展示各自的寶器,大顯神通,凌波踏浪,渡海而去。八位仙人渡海的動靜太大,驚擾到東海龍王,雙方一言不合,打了起來。後來觀音菩薩出面才化解了風波。

酒
酒神杜康家是神仙們最愛來的地方。八仙過海之前,就是在這裡喝醉了酒。

品茶

茶經陸羽正在請大家品茶，小鑽風雖然不懂茶，也裝模作樣地喝了幾杯，他覺得茶能解渴，但有點苦，不怎麼喜歡喝。

下棋

關公平時和壽星一起下棋較多，棋藝進步很大，今天這一局可難壞了他。

落伽山

遊完了仙山，小鑽風來到了南海，這裡的落伽山是觀音菩薩的家。

南海煙波萬里，水勢連天。落伽山山峰高聳，山上有普陀岩，普陀岩上觀音殿蓋著琉璃瓦，潮音洞口鋪著玳瑁石。祥光籠罩，瑞光照射，一派奇觀異景，美不勝收。

大鵬金翅鳥
落伽山的神鳥。胎生，性情凶猛，以龍蛇為食，為落伽山護法神鳥。

鳥兒們是在迎接我們。

你確定？我怎麼覺得不像呀？

共命鳥
是一種氣力十分大的精靈，可以避火。

妙音鳥
此鳥在雪山出生，在殼中就能鳴叫，聲音悅耳動聽，聽多久都不覺得厭煩。

觀音菩薩

神通廣大，法力無邊。如來佛祖委託觀音菩薩尋找
取經人，把大乘佛經傳到東土。觀音菩薩收服孫悟
空、豬八戒和沙和尚為取經人效力，然後又找到唐
僧作為取經人，組建起赴西天取經
的團隊。唐僧西行的途中，觀
音菩薩也多次出手幫助唐僧
師徒度過重重難關，保障了
西天取經的順利進行。
觀音菩薩手中通常都捧著
一個玉淨瓶，瓶中的甘露
水能滅三昧真火，還救活過
人參果樹。瓶中的楊柳枝點
一點，能消除人間百病。

捧珠龍女

東海龍王之女，跟隨
觀音菩薩修行。原本
是善財龍女，紅孩兒
被收服後做了善財童
子，龍女的職位就改成
了捧珠龍女。

惠岸行者

觀音菩薩的大弟子，俗名木
吒，托塔李天王的二兒子，哪
吒的哥哥，使一
根混鐵棍，重達
千斤。菩薩出
門辦事的時候
常常讓他跟在
身邊。

二十四諸天

落伽山護法諸神。

如來佛祖給了三個箍

如來佛祖給了觀音菩薩三個寶貝，專門用來收服那些神通廣大卻還野性不定的妖怪。其中金箍箍在紅孩兒的身上，緊箍箍在孫悟空的頭上，禁箍則用在黑熊怪的頭上。

金箍

善財童子

牛魔王和鐵扇公主的兒子，俗名紅孩兒，手持火尖槍，鼻子能噴煙，口吐三昧真火，曾經把孫悟空弄得休克。後來，觀音菩薩用金箍套在紅孩兒的頭和手腳上，收服了他，紅孩兒成了觀音菩薩座下的善財童子。

孫悟空

孫悟空大鬧天宮後，被如來佛祖壓在五行山下五百年。觀音菩薩要孫悟空保護唐僧去西天取經，孫悟空答應了。後來唐僧救出孫悟空，觀音菩薩把緊箍給了唐僧，讓他用緊箍咒來管束孫悟空。

緊箍

禁箍

> 你可是第一個聽菩薩講經的妖怪喲！希望你聽懂了，嘿嘿！

> 我聽了菩薩講經！我居然聽了菩薩講經！

守山大神

曾經是黑風山黑風洞的黑大王，是一個黑熊怪，武藝高強，身穿烏金甲，手持黑纓槍。黑熊怪和孫悟空大戰過幾百回合，他倆武藝不相上下。觀音菩薩用禁箍收服了他，叫他做了落伽山的守山大神。

翠雲宮

小鑽風離開落伽山，來到了翠雲宮，地藏王菩薩在這裡修行。

這裡面好熱呀！

這裡靠近地心，當然很熱啦！

真假美猴王

六耳獼猴變成孫悟空，想要竊取孫悟空西天取經的功勞，誰也分辨不出他們哪個是真，哪個是假。孫悟空拉著六耳獼猴去查生死簿，可是生死簿裡猴類的名字之前都被孫悟空刪掉了，所以沒辦法查。於是，地藏王菩薩出面指點。

諦聽

諦聽是地藏王菩薩案下一隻神獸，能力超強。牠趴在地上一聽，就可以查遍天下的善惡是非。但這樣非常損耗能力，所以諦聽大部分時間都在睡覺，積聚能量。牠能分辨真假美猴王，但害怕六耳獼猴報復，才沒有說破，最後把問題推給如來佛祖。如來佛祖識破了六耳獼猴，才解決了這個問題。

地藏王菩薩要送禮物

地藏王菩薩沒見過小鑽風，卻知道小鑽風的事情，這也不奇怪，畢竟有諦聽這個超能力查詢獸。菩薩對小鑽風說，下次有緣見面的時候，要送一樣禮物給小鑽風。

告別了地藏王菩薩，小鑽風的神話世界旅行終於要結束了。雲車載著小鑽風他們，飛向了獅駝國，小鑽風打算在那裡找個地方定居下來。

再見啦，小鑽風。

小鑽風後來去哪兒了？
小鑽風在獅駝國附近找了一個小村莊住了下來，遊遊仙官也要返回天宮了。兩個人雖屬於不同的世界，但在這一段奇妙的旅程中早已成了好朋友。

再見啦，遊遊。

招聘啟事：招聘巡山小妖一名。

招聘啟事：招聘燒火小妖一名。

招聘啟事：招聘先鋒官一名。

接下來，小鑽風該做點什麼事呢？小鑽風看著招聘啟事，覺得對什麼工作都提不起興趣來。

都是些沒什麼吸引力的工作啊！

我知道我要做什麼了！我要寫故事！

閒著也是閒著，小鑽風想把自己這一次旅行的故事記下來，以後能隨時拿出來回味回味。說做就做，小鑽風拿出筆和紙寫了起來。寫著寫著，故事越寫越多，小鑽風也越寫越起勁。

每天黃昏時，小鑽風在家門口的大榕樹下，拿出自己寫的故事，開始對妖怪小朋友們講故事，慢慢地，聽故事的小朋友越來越多了。可是，再好聽的故事也有講完的時候，小鑽風有些發愁，他想不出新的故事了。

這一天，講完故事的小鑽風遇到了地藏王菩薩。地藏王菩薩很喜歡小鑽風，也知道他對小朋友們講故事的事情。

地藏王菩薩兌現了之前的承諾，送給小鑽風一個寶貝——月光寶盒！讓他可以去更多的地方遊玩，繼續寫他的故事。

哈哈！寫故事的小鑽風來了。

此時的諦聽會化身為一隻乖乖的小狗。

菩薩！又碰到您啦！這隻小狗狗好可愛喲！

這傢伙！居然說我是小狗……

月光寶盒！我要告訴遊遊！我們又可以一起去環遊世界了！

西遊知識小學堂

🍑 將這些地名依小鑽風遊歷的先後順序排列。

1. 靈霄寶殿

2. 廣寒宮

3. 兜率宮

4. 南天門

5. 斬妖台

6. 瑤池

7. 蟠桃園

8. 天河

你認識這些在天宮工作的神仙嗎？請說出他們的名字。

1

2

3

4

5

6

7

9

8

124

🍑 以下物品的主人是誰？

1. 碧水金睛獸

2. 魚鱗

3. 人參果

4. 芭蕉扇

5. 金擊子

6. 玉淨瓶

A. 鐵扇公主

B. 牛魔王

C. 觀音菩薩

D. 靈感大王

E. 鎮元大仙

物品的主人是誰

答案

1.B
2.D
3.E
4.A
5.E
6.C

125

🍑 你能說出以下人物的關係嗎？

鎮元子與清風、明月

牛魔王與如意真仙

牛魔王與鐵扇公主

🍑 以下妖怪分別住在哪裡？

鐵扇公主

靈感大王

大鵬王

蠍子精

牛魔王

如意真仙

妖怪住在哪裡
鐵扇公主：芭蕉洞
靈感大王：通天河
大鵬王：獅駝國
蠍子精：琵琶洞
牛魔王：翠雲山
如意真仙：聚仙庵

人物關係
鎮元子與清風、明月：師徒
牛魔王與如意真仙：結拜兄弟
牛魔王與鐵扇公主：夫妻

答案

金箍、緊箍、禁箍，分別被觀音菩薩給了誰？

金箍　　　　　　　緊箍　　　　　　　禁箍

清華莊的開門密碼是什麼？

找到楊樹根了，但是密碼是什麼呢？

答案

緊箍是賜給誰之謎

金箍：紅孩兒
緊箍：孫悟空
禁箍：黑熊怪

清華莊的開門密碼

圍著楊樹根，
先右轉三圈，
再左轉三圈，
然後坐在一旁說在楊樹根上
唸叫三聲開門。

🍑 以下人物在哪裡出現？

1. 孫悟空

2. 東海龍王

3. 南極仙翁的白鹿

4. 杜康

5. 陸羽

7. 觀音菩薩

6. 二十四諸天

🍑 以下特殊事件在哪裡發生的？

1. 真假美猴王

2. 戲金蟾

3. 修行大賽

4. 孫悟空借兵器

5. 八仙過海

6. 金平府燈會

角色

129

八仙過海各別用什麼法器？

1. 雲陽板

2. 蓮花荷葉

3. 竹籃

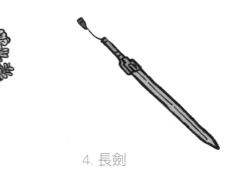

4. 長劍

5. 魚鼓

6. 芭蕉扇

7. 寶葫蘆

8. 紫金簫

A. 韓湘子

B. 鐵拐李

C. 呂洞賓

D. 何仙姑

E. 藍采和

F. 張果老

G. 漢鍾離

H. 曹國舅

答案

八仙過海的法器
1.H
2.D
3.E
4.C
5.F
6.G
7.B
8.A